KU-414-279

Ar Goll

Alwena
Breichia Tena

Anni Llŷn
Lluniau gan Hannah Doyle

I Alys Llŷn

Argraffiad cyntaf: 2017
ⓗ testun: Anni Llŷn 2017

Rhif Llyfr Safonol Rhyngwladol:
978-1-84527-617-1

Cyhoeddwyd gyda chymorth Cyngor Llyfrau Cymru

Llun clawr: Hannah Doyle
Cynllun clawr: Eleri Owen

Cyhoeddwyd gan Wasg Carreg Gwalch,
12 Iard yr Orsaf, Llanrwst, Dyffryn Conwy, Cymru LL26 0EH.
Ffôn: 01492 642031
Ffacs: 01492 642502
e-bost: llyfrau@carreg-gwalch.com
lle ar y we: www.carreg-gwalch.com

Argraffwyd a chyhoeddwyd yng Nghymru

Cynnwys

Ar Goll

Mewn bocs cardfwrdd llychlyd ar lawr
swyddfa wag ar ddiwedd yr haf,
gorweddai casgliad annisgwyl o atgofion.
Dyma focs *Pethau Coll* yr Eisteddfod
Genedlaethol, y pethau sy'n perthyn i
rhywun ond sy bellach ar goll.

Wedi'r Eisteddfod, mae pawb o'r swyddfa yn mynd ar eu gwyliau ar ôl gweithio mor galed. A phob blwyddyn, mae bocs yn cael ei roi yn y swyddfa sy'n llawn pethau bach digalon sydd wedi eu gadael ar ôl ar faes yr Eisteddfod;

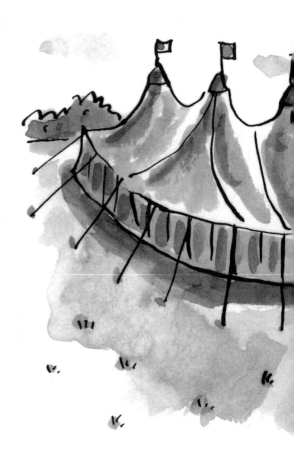

y pethau sydd yn dal yno wedi i bob
rholyn sticeri ddarfod, wedi i bob bocs
beiro-am-ddim wagio, ac wedi i'r nodyn
olaf gael ei ganu; y pethau mae'r
Eisteddfodwyr wedi eu colli ... neu'n wir,
wedi anghofio amdanyn nhw.

Un flwyddyn, a hithau wedi bod yn haf hyfryd, roedd yna gasgliad arbennig o bethau coll wedi eu taflu i'r bocs.

"H ... h ... h ... helô?" gwichiodd llais bychan Llifon y Llyfr Llofnodion oedd yn gorwedd ar frig y pentwr. Agorodd ei lygaid yn araf. Doedd o'n gweld dim ond y nenfwd.

"Helô?" holodd eto'n betrusgar. Doedd yna ddim smic. Edrychodd o'i gwmpas. Roedd 'na liw rhyfedd ar bob dim. Lliw fel niwl. Yn araf, sylweddolodd nad oedd neb yno. Teimlodd ei dudalennau tu mewn iddo'n tynhau. Roedd ofn arno. Daeth lwmp i'w wddf. Doedd o ddim eisiau dechrau crio, yn enwedig ar ei ben ei hun, a beth petai o'n methu stopio? Yn sydyn, teimlodd rywbeth yn symud oddi tano.

"Dei?! Dei?!" Daeth Chwiw yr Esgid
Chwith i'r golwg wrth ochr Llifon yn y
bocs. "Dei? Ti sydd 'na?"

"Ym ... na-a ... yyy fi ... Llifon sy 'ma.
Pwy wyt ti?"

Edrychodd Llifon ar yr esgid chwith.
Un fechan, las ac arian oedd hi.
"Llifon?! Pwy ar wynab y ddaear ydi
Llifon? Ble mae Dei?"
"Pwy 'di Dei?!"
"Dei yr Esgid Dde, siŵr ... ti 'di weld o?"

Roedd Chwiw yn hopian o gwmpas y bocs.

"Ym ... na ... dwi heb weld neb ..." atebodd Llifon yn swil.

Cyn i Chwiw gael cyfle i holi mwy daeth llais arall o berfeddion y bocs.

"Beth ydi'r holl sŵn yma? Oes 'na barti? Ydach chi'n cael te? Ydach chi am ganu? Gawn ni ddawnsio?"

Gwelodd Chwiw a Llifon wyneb bychan del a hwnnw'n wên o glust i glust – a daeth tedi bach meddal a'i glustiau'n grwn ac uchel i'r golwg.

"Helô! Twm ydw i. Pwy ydach chi? Be sy'n digwydd? Lle 'dan ni? Ydan ni'n mynd ar antur?" Roedd Twm y Tedi'n amlwg wedi cyffroi'n lân ac roedd o'n holi cant a mil o gwestiynau. Roedd Llifon wedi drysu'n llwyr.

Ceisiodd Chwiw ddarganfod a oedd Twm wedi gweld Dei. "Mae'n union fel fi," eglurodd Chwiw, "ond mae ei drwyn o'n troi tuag at y chwith."

Ceisiodd Llifon wneud synnwyr o'r cyfan. Roedd yn weddol sicr nad oedd 'na bobl yn y swyddfa. Y peth dwytha roedd o'n ei gofio oedd gorwedd ar fwrdd pren ac arogl sos coch cynnes o'i gwmpas, a hwnnw wedi bod yn llygaid yr haul ers oriau. Roedd o'n cofio clywed cerddoriaeth a lleisiau plant, ac yna ... dim lleisiau.

Wrth gofio hyn, dechreuodd
deimlo'n ofnus. Doedd ganddo ddim
syniad lle roedd o. Dechreuodd y
dagrau lifo'n araf i lawr ei glawr coch.

Edrychodd Twm a Chwiw arno.
Doedd Chwiw ddim yn hoffi sŵn crio,
dim ond sŵn y gwynt yn rhuthro
heibio ei chlustiau. Aeth at Llifon y
Llyfr Llofnodion.

"Hei, hei, hei, be 'di'r crio 'ma? Be sy'n bod?"

"Dwi ddim yn gwybod be ..."

Ond cyn i Llifon gael ateb neidiodd Twm o'i flaen a'i wyneb bendigedig yn llawn gwên.

"Waaaaw ... llyfr llofnodion?! Ti wedi cyfarfod llwyth o bobl enwog, felly!! Fel pwy, tybed? Pwy sydd wedi sgwennu ei enw ynddat ti? Wyt ti wedi cyfarfod Elin Fflur, y gantores bop enwog? Dwi wrth fy modd efo Elin Fflur!"

"Wel, do fel mae'n digwydd ..." meddai Llifon yn betrusgar.

"Waaaw!! Ga i weld?"

Edrychodd Llifon ar wyneb Twm ac yna ar Chwiw cyn penderfynu agor ei gloriau er mwyn iddyn nhw gael gweld ei dudalennau.

"Waaaw!" meddai Twm eto fyth. "Ti wedi cael llofnod llwyth o bobl ..." Roedd y tudalennau'n chwifio heibio i wynebau bach Chwiw a Twm.

"OMB!" bloeddiodd Chwiw. "Ti wedi cyfarfod George North sy'n chwarae rygbi! Yn ôl y sôn mae ganddo fo esgidiau cyflym iawn, iawn!"

Roedd y ddau wrth eu bodd yn darllen yr enwau enwog. A dweud y gwir, roeddan nhw wedi tynnu meddwl Llifon oddi ar ei ofn. Ond yn sydyn gwaeddodd Twm: "Dyma ni – enw Elin Fflur!!"

"Be mae'n ddweud?" holodd Chwiw, wedi cyffroi'n lân.

"I Ela ..." Ac wrth i Twm ddweud yr enw caeodd Llifon ei glawr yn glep.

"Ela," sibrydodd wrtho'i hun. Roedd o'n cofio'r enw yna. Wrth gwrs! Ela fach, ei ffrind gorau. Roedd o'n cofio gwres cledr ei llaw. Roedd o'n cofio clywed ei chalon yn curo'n gyflym wrth iddi redeg ar draws y maes tuag at rywun enwog.

"Ela," sibrydodd Llifon eto. Torrodd ei galon wrth iddo sylweddoli nad oedd o byth am ei gweld hi eto. Synhwyrodd Chwiw a Twm nad oedd Llifon yn teimlo'n hapus iawn a chyn pen dim, doedd Chwiw ddim yn teimlo'n hapus iawn chwaith, na Twm. Roedd y tri'n ddigalon. Doedd neb o'u cwmpas yn unman. Roedd hi'n llwyd yn y swyddfa wag.

"Wel, be sy'n bod efo chi'ch tri?" Daeth
llais llyfn fel melfed o gornel bella'r bocs
cardfwrdd.

Trodd Llifon, Chwiw a Twm i edrych.
Roedd y gornel bellaf braidd yn dywyll,
ond yn araf ymddangosodd het haul, a
phob math o sticeri wedi glynu ar ei
thalcen. Sylwodd Llifon ar un sticer yn
dweud Bala '97. Roedd yr het yma'n hen
... yn hen iawn, meddyliodd.

"Rydach chi'n ddigalon iawn." Swniai'r het fel hen nain annwyl.

"Mae Llifon yn drist, felly rydan ni'n drist hefyd," ceisiodd Twm egluro.

"Dwi wedi colli Dei yr Esgid Dde," ychwanegodd Chwiw.

"Rydan ni ar goll, tydan?" edrychodd Llifon ar yr het.

"Ydach, ffrindia. Rydach chi wedi cael eich gadael ar ôl ar faes yr Eisteddfod."
Ochneidiodd y tri'n ddiflas.

"Ond peidiwch â digalonni. Dwi wedi bod yma droeon."

"Beth?" holodd Llifon yn ddryslyd.
"Dwi wedi bod yn het i bawb yn y teulu ar ryw adeg yn fy mywyd," ychwanegodd, cyn mynd ymlaen i egluro ei bod wedi cael ei anghofio o'r blaen hefyd ac wedi bod yn yr union focs, yn yr union swyddfa.

"Be ddigwyddodd i chi?" holodd Llifon.
"Pan ddechreuodd y swyddfa brysuro eto,
daeth y teulu i fy nôl i. Mae'r bocs yma'n
lle da, 'dach chi'n gweld," meddai Heti'n
feddylgar. "Er ein bod ni ar goll, mae bod
yn y bocs yma'n golygu bod rhywun
wedi'n ffeindio ni, ac wedi penderfynu ei
bod hi'n werth ein cadw ni, rhag ofn y daw
rhywun i chwilio amdanon ni."

Ond roedd Llifon yn dal i deimlo'n reit ddigalon. Aeth Heti ato.

"Llifon," meddai'n dawel, "mae gen ti fwy o gyfle na neb i fynd adra, wyddost ti."

"Pam?"

"Wel, mae enw dy berchennog di wedi ei ysgrifennu lawer gwaith ynot ti."

Sylweddolodd Llifon fod hynny'n wir a dechreuodd deimlo'n well. Cyn pen dim daeth y pedwar yn ffrindiau da ac fe gawson nhw hwyl yn y bocs wrth iddyn nhw aros i'r swyddfa ddechrau prysuro.

Gydag amser, daeth rhywun i gasglu Chwiw a Heti, ac er na chafodd Twm fynd yn ôl at ei deulu gwreiddiol, cafodd fynd yn anrheg i blentyn yn yr ysbyty lleol a bu'n hapus dros ben yno.

Ac un diwrnod, pwy ddaeth i'r swyddfa ond Ela, ac fe gafodd Llifon y Llyfr Llofnodion fynd adra yn gynnes yng nghledr ei llaw.

Alwena Breichia Tena

Pwtan fach denau oedd Alwena a phawb yn meddwl mai merch fach eiddil a gwan oedd hi.

"O Alwena, mae dy freichia di'n denau. Peth fach wan wyt ti, yntê?" Dyna fyddai pawb yn ei ddweud bob tro ac Alwena'n rowlio'i llygaid am yn ôl, wedi clywed hynny filoedd o weithiau. Doedd bod yn denau ddim yn golygu nad oedd hi'n gryf siŵr. Roedd Alwena, welwch chi, yn breuddwydio am gael chwarae rygbi.

"Paid â bod yn hurt, Alwena," oedd ymateb Miss Elwyn. "Rwyt ti'n rhy wan."

Hy, meddyliodd Alwena. Sut oedd Miss Elwyn yn gwybod ei bod hi'n wan heb iddi gael cyfle i chwarae? Roedd ganddi hawl i *drio* chwarae rygbi, o leia.

Roedd 'na dîm dan 12 yn y clwb lleol ac roedd Alwena am ymuno.

"Pam lai?" oedd ymateb Mam.
Roedd gan Alwena frawd mawr o'r enw Meical. Roedd Meical yn dipyn yn hŷn na hi ac wedi mynd i'r brifysgol, felly aeth Mam i chwilio am ei hen ddillad rygbi.

Gwisgodd Alwena'r crys streipiog coch a gwyrdd enfawr a'r siorts oedd wedi sychu'n grimp, a hen fwd yn dal arnyn nhw. Gwisgodd y sanau hirfaith a'u plygu deirgwaith, a rhoddodd bapur newydd ym mhen blaen yr esgidiau styds er mwyn i'w thraed bach ffitio.

"Wel, yn tydw i'n edrych fel hogan rygbi, Mam?!"

Ceisiodd Mam beidio chwerthin wrth edrych ar Alwena druan. Roedd hi'n edrych fel petai hi'n arfer bod yn chwaraewr rygbi mawr cryf, ond bod rhyw beiriant wedi amsugno'r cyhyrau a'r cnawd i gyd gan adael y sgerbwd ar ôl yn gwisgo yr un dillad. Doedd hi'n ddim byd ond brigau o freichiau a choesau a'i gwallt yn flêr fel brwgaij.

Ond fuodd Mam fawr o dro yn torri a thwtio'r dillad nes eu bod nhw'n ei ffitio hi'n well. O'r diwedd roedd Alwena yn edrych fel hogan rygbi oedd yn barod amdani.

Pan gyrhaeddodd hi'r clwb, roedd Wil a Bil, yr hyfforddwyr, yn groesawgar iawn.

"Gwych, Alwena! Croeso mawr i chdi," meddai'r ddau gyda'i gilydd.

Ar y cae, clywai hi'r geiriau "Alwena
Breichia Tena" yn cael eu canu'n dawel
bach. Doedd neb yn meddwl y gallai
rhywun a edrychai mor wan chwarae
rygbi. Wfftiodd Alwena'r lleisiau cas.
Synnodd nad oedd 'na genod eraill yno;
wedi'r cyfan, roedd hi wedi clywed am
glybiau gyda thimau cyfan o genod yn
chwarae.

Yn ystod yr hyfforddiant, roedd Alwena braidd yn drwsgl. Roedd ganddi fachau menyn a byddai'r bêl yn dianc o'i dwylo bob gafael. Doedd hi heb arfer pasio i rywun arall, na derbyn y bêl gan rywun arall chwaith. Roedd ganddi bêl rygbi gartra, ond dim ond ei thaflu i'r awyr a'i dal ei hun yr oedd hi wedi arfer gwneud.

Ond wrth gael hyfforddiant i daclo
bagiau trwm, cafodd pawb fraw wrth
weld Alwena'n hedfan yn gadarn i mewn
i'r bagiau mawr a'u llorio cystal ag
unrhyw un o'r lleill. Efallai nad oedd hi
mor wan ac yr oedd hi'n edrych wedi'r
cyfan.

Erbyn diwedd yr ymarfer, roedd yr
hogia wedi hen ddiflasu tynnu coes.
Roedd ambell un ohonyn nhw wedi ceisio
dangos iddi'r ffordd orau o baratoi cyn i
rywun basio'r bêl iddi.

"Rho dy ddwylo allan o dy flaen ..."

"Gwaedda am y bêl ..."

A bod yn onest, roedd rhai o'r hogiau yn well hyfforddwyr na Wil a Bil, er eu bod nhw braidd yn ddiamynedd â hi o bryd i'w gilydd.

"Ty'd 'laen, Alwena, ti'n anobeithiol."

Doedd hynny ddim yn ei brifo, dim ond yn ei gwneud hi'n fwy penderfynol.

"Mae ganddon ni gêm ddydd Sadwrn," meddai Wil a Bil ar yr un gwynt. "Mi fyddwch chi i gyd yn chwarae."
Gwenodd pawb.

Neidiodd Alwena i'r car yn sionc wedi'r ymarfer, ac arogl y sglodion yr oedd Mam wedi eu prynu yn sgorio cais yn ei ffroenau.

"Wel ... rwyt ti'n dal yn gyfan, ac mae hynny'n arwydd da!" meddai Mam.

"O'dd o'n grêt!" atebodd Alwena'n hyderus. "Mae 'na gêm ddydd Sadwrn. Tydw i ddim yn dda iawn felly mae'n rhaid i ni'n dwy ymarfer bob nos cyn dydd Sadwrn, iawn?"

"O, Alwena, mi faswn i wrth fy modd ond dwi'n gweithio'n hwyr trwy'r wythnos. Fydda i ddim adra cyn iddi dywyllu."

Ochneidiodd Alwena'n bwdlyd. Pe byddai Meical adra mi fasa hi'n cael llwyth o hyfforddiant ac ymarfer ychwanegol ganddo fo.

"Pam na wnei di ofyn i dy nain?"

"Nain?!"

Ond doedd gofyn am help gan Nain ddim yn syniad ffôl wedi'r cyfan. Roedd hi'n wych. Roedd Nain yn heini a chryf, ac wrth ymarfer rygbi yn yr ardd gefn gyda hi cafodd Alwena glywed sut ei bod hi mor gryf.

"Wel, ar ffarm ges i fy magu ... ti'n gwybod hynny. A bob haf ro'n i'n helpu i stacio bêls gwair. Roedd 'na resaid ohonan ni o'r trelar i'r sgubor. Roedd yn rhaid pasio, dal a phasio eto ar hyd y rhes. Ac mi fedra i ddweud wrthat ti fod byrnau gwair tipyn trymach na phêl rygbi!"

Ac felly byddai Alwena a Nain yn ymarfer chwarae rygbi bob dydd. Roedd Alwena'n ymarfer cymaint nes yr oedd hi'n breuddwydio am bêl rygbi. Roedd hi'n bwyta pêl rygbi i frecwast, roedd het Mrs Pritch y pennaeth yn bêl rygbi – roedd hyd yn oed y cymylau yn yr awyr yr un siâp â phêl rygbi.

Daeth diwrnod y gêm fawr. Roedd y
tywydd yn bwdlyd, roedd yr awyr yn llwyd
fel pen-ôl eliffant a'r glaw diflas yn ddi-stop.

Roedd y gêm yn un galed, pawb yn
socian ac Alwena'n teimlo'n rhwystredig
iawn nad oedd neb byth yn pasio'r bêl
iddi. Roedd y sgôr yn agos tuag at ddiwedd
y gêm, a'r tîm arall ar y blaen o drwch
blewyn.

Ond roedd tîm Alwena'n ymosod ac yn agos at y llinell gais. Doedd Alwena ddim yno, wrth gwrs – roedd y capten wedi dweud wrthi am gadw'n ddigon pell o'r llinell.

Yn sydyn clywodd floedd ac un glec bwerus. Roedd y tîm arall wedi dwyn y bêl ac wedi rhoi cic enfawr iddi i lawr y cae. Roedd tîm Alwena'n gweiddi arni i ddal y bêl. Hedfanodd y bêl ar wib trwy'r awyr a phob chwaraewr rygbi ar y cae yn rhedeg tuag ati.

Roedd Alwena ar ei phen ei hun ... ac roedd arni ofn gwneud llanast o bethau. Ond yn sydyn, cofiodd ei bod wedi hen arfer chwarae ar ei phen ei hun. Daliodd y bêl yn hyderus gan ochrgamu'n syth i osgoi chwaraewr o'r tîm arall.

Doedd dim amdani bellach ond defnyddio ei choesau tenau i redeg fel fflamiau. Clywodd ei chapten yn galw am y bêl. Roedd yn rhaid iddi ei phasio os oedd cyfle i sgorio. Petrusodd. Beth petai'n rhoi pas wael? Yna, dychmygodd Alwena weld Nain yn rhedeg wrth ei hymyl ac fe basiodd y bêl yn berffaith at y capten.

Brasgamodd yntau heibio i ddau chwaraewr ... a sgorio cais o dan y pyst.

Bloeddiodd y tîm, bloeddiodd y cefnogwyr a bloeddiodd y chwiban ei bod hi'n ddiwedd y gêm. Rhuthrodd pawb at Alwena i'w chanmol ac i ddathlu, cyn ei chodi hi a'r capten ar eu hysgwyddau.

Er nad Alwena wnaeth sgorio'r cais,
teimlai'n hapus. Roedd hi'n rhan o dîm,
ac ar ei thîm hi roedd yr hogia·rygbi, Wil a
Bil yr hyfforddwyr, Mam a Nain wrth
gwrs. Roedd hynny'n gwneud i Alwena
deimlo'n gryf.

Teitl arall yn yr un gyfres ...